Thomas Trier

Das Märchen von der Taube

Drei orientalische Geschichten

Umschlagbilder:
Zwei indische Miniaturen
(in Privatbesitz)

ISBN 3-8334-1833-8

Herstellung und Verlag: Books on Demand GmbH, Norderstedt

<u>Über dieses Buch:</u>

Die erste der drei orientalischen Geschichten ist „Das Märchen von der
Taube". Sie ist entstanden aus einem
Text, der nur die ursprüngliche Binnen-
erzählung beinhaltete, ohne den später
weit ausgeschmückten Rahmen, in dem
von einer komplizierten Freundschaft
berichtet wird.

Die indische Geschichte „Der Yogi und
das Mädchen" ist eigentlich von der
Entstehung her die letzte, aber sie ist
ein gutes Bindeglied zwischen der
Jetztzeit der ersten Erzählung und der
des alten Ägypten der ruhmreichen 18.
Dynastie.

Die dritte heißt „Tutu", vor etwa drei-
tausenddreihundertdreißig Jahren hat
diese "moderne" Frau des neuen Reiches gelebt. In meinem Schlafzimmer

3

hängt ein kleines Bild von ihr, ein mit ihrem Oberkörper bunt bemalter Papyrus; auf dem mitgegeben Kärtchen steht:

"Tutu ist die Frau des Schriftstellers Ani, eines Mitgliedes der Schule von Amon-Re in Theben. Sie ist einfach gekleidet und hält in ihren Händen ein "Menat", ein Emblem von Freude und Zufriedenheit.

Aus dem Papyrus von Ani, Britisches Museum, 18. Dynastie, Ref.-Nr. 6400/19, Copyright by BERLIN DESIGN, 2807 Achim"

Zu meiner Person:

Geboren am 17.04.1957. Verheiratet mit Inge Trier, zwei Töchter im schulpflichtigen Alter. Wohnhaft in Bergisch Gladbach. Magisterstudium (Germanistik, Philosophie und Pädagogik) und Buchhändlerlehre abgeschlossen, seit Ende 1988 einer der beiden Inhaber des "Poppelsdorfer Bücherladens" in Bonn.

Seit 1989 Kreistagsabgeordneter für Bündnis 90/DIE GRÜNEN, von 1994 bis 1999 Vorsitzender des Sport- und Kulturausschusses des Rheinisch-Bergischen Kreises. Anfang 2003 Beginn einer Doktorarbeit mit dem Thema „Das Indienbild deutscher Schriftsteller von 1900 bis heute".

Für Inge,
Marie und Lisa

Das Märchen von der Taube

LIEBSTE Freundin, wie steht es um das Wetter bei euch am libanesischen Mittelmeer? Hier in Damaskus liegt eine schwüle Sommerhitze auf den Straßen, die gegen 15 Uhr ihren höchsten Punkt erreichen wird und mir die Schweißtropfen ins Gesicht und aus allen möglichen Poren treibt. Wie gerne würde ich jetzt bei dir sein, eine feuchte Brise vom Meer mit dem Lärm der Motoren, Baumaschinen und Menschen in diesem schwitzenden Ungetüm von Hauptstadt austauschen, weit fort von der Universität, dem Flugplatz und der Großen Moschee mit den ältesten Minaretten der islamischen Welt, auf die wir Damaszener nicht ohne Grund so überaus stolz sind. Erst wenn es Abend wird, ist das Leben in meiner Vaterstadt wieder erträglich, dann möchte ich nicht mehr tauschen, wenn die Töne und die Gerüche in der Dunkelheit eine andere Qualität annehmen und der Suq voll gestopft ist mit verhandelnden und interessiert aufeinander einredenden Menschen. Liebste Freundin, aus der großen Anzahl der Seiten dieses Briefes magst du ersehen, dass ich dir etwas sehr Wichtiges mitzuteilen habe. Du wirst es nicht glauben, aber ich habe am letzten Freitagabend Salim Alafenisch wieder gesehen! Ja, unseren Alafenisch, den begeisterten Mitstudenten und begabten Geschichtenerzähler jener fernen Jahre, und ich verrate dir schon jetzt, letzteres betreibt er heutzutage sogar als richtigen Broterwerb.

Wie ich also vorigen Freitag in unserem großen Basar umherstreife, um für das jüngste Kind meiner Schwester etwas Stoff im Seidensuq zu besorgen, komme ich hinter dem Cafe Maqha an Naufara an einem der versteckten Plätze vorbei, ganz in der Nähe der östlichen Säulen des ehemaligen Jupitertempels, wo sich neuerdings wieder die Geschichtenerzähler sammeln, um die Leute mit ihrer uralten mündlichen Erzähltradition zu unterhalten. Eine kleine Menschenmenge steht dort um einen groß gewachsenen Mann herum, der in einen Turban und einen weiten Kaftan gehüllt ist, und als ich neugierig näher herantrete, erkenne ich mit einem Schlag unseren alten Salim wieder. Ein schön gewebter Teppich liegt vor ihm, ein Glas Wasser darauf und ein Weidenkörbchen mit einigen Geldscheinen darin; ein flüchtiges Lächeln des Erkennens huscht über sein bartstoppeliges Gesicht, als er mich unter seinen Zuhörern bemerkt. Ich traue mich allerdings nicht, ihn in seiner Konzentration vor Beginn seiner Vorstellung zu stören, deshalb frage ich leise einen der Umherstehenden, ob ihm bekannt sei, was der Geschichtenerzähler heute Abend zum Besten gebe. Der Herr schüttelt den Kopf, beeilt sich dann aber, mir zu versichern, dass es auf jeden Fall lohnenswert sei, ihm zuzuhören, er selber lausche nun schon den dritten Abend hintereinander den Worten dieses großen Künstlers. Ich stelle mich also innerlich darauf ein, den Rest des Abends hier zu verbringen und mein Geschäft auf morgen zu verschieben, um die Künste meines ehemaligen Freundes studieren zu können. Alafenisch lächelt jetzt wieder, er schaut noch einmal kurz auf seine silberne Armbanduhr, dann lässt er sich auf dem Teppich nieder, und sein weiter Kaftan fällt an beiden Seiten faltenreich an ihm herunter.

„Liebe Zuhörer", spricht er nun mit einer tiefen und sehr beruhigenden Stimme, „es ist gerade acht Uhr geworden, die richtige Zeit zum Geschichtenerzählen. Ich habe heute zufällig einen alten Freund in eurer Mitte erblickt, deshalb werde ich mich bemühen, für ihn und für euch eine besonders schöne und aufregende Geschichte zu finden.

Seht ihr die Tauben dort hinten auf dem Dach des Silberwarenladens? So leicht wie ihr Flug soll der Gang meiner Erzählung sein, so zart wie ihr Gefieder der Inhalt und so friedvoll wie ihr Wesen das glückliche Ende der Geschichte. Nach diesen zutraulichen Vögeln soll das Werk auch benannt sein, denn ich erzähle euch heute ´das Märchen von der Taube`. Möchtet ihr, dass ich jetzt meine Arbeit tue, so legt bitte ein oder zwei Lirascheine in das Weidenkörbchen vor mir, und ich werde mit der Erzählung alsbald beginnen."

Jetzt blieb er still, die Leute kamen nacheinander nach vorne und warfen ihr Geld in das Körbchen. Ich tat es ihnen gleich und versuchte dabei, Alafenischs Blick wieder auf mich zu lenken. Er jedoch hatte die Augen halb geschlossen und schien in entfernte Gedanken versunken. Als das leise Rascheln der Geldscheine schließlich aufhörte und sich eine erwartungsvolle Ruhe in der bunt gemischten Runde breit machte, so dass man nur von weitem den Verkehr der Hauptstraße Shari`al-Mustaqim und die singenden Stimmen einiger Händler im Suq selber ausmachen konnte, bewegte der Geschichtenerzähler endlich seine breiten Lippen:

„Es trug sich zu vor etlichen hundert Jahren, als unser geliebtes Land noch nicht der Herrschaft der Türken anheim gefallen war, da lebte im fernen Persien ein Bauersmann, der hatte mit seiner guten Frau zwei Kinder gezeugt, eine Tochter mit einem Antlitz so rein wie das Licht des

Mondes und einen kräftigen, tapferen Sohn. Weil aber die Tochter die Erstgeborene war und weil der Bauer von Natur aus einen bösen Jähzorn in sich trug, fluchte er oft laut über seine Gattin und ließ die arme Frau immer die allerschwersten Arbeiten im Hause verrichten, bis sie schließlich voller Gram und Bitterkeit im Herzen frühzeitig verstarb. Nach dem Tod der Mutter ging sein mächtiger Zorn auf die beiden unschuldigen Kinder über, die mittlerweile schon herangewachsen waren, und diese hatten große Not unter den unberechenbaren Wutausbrüchen ihres Vaters zu leiden. Insbesondere, wenn er zu viel Alkohol getrunken hatte, denn der Bösewicht scherte sich keinen Deut um die frommen Gebote unseres Herrn, beleidigte er seine Kinder mit den gröbsten Worten und versuchte wohl auch mehrmals, seiner eigenen Tochter unsittlich nahe zu treten. Die beiden Geschwister, die einander sehr lieb hatten, wünschten sich insgeheim bald sehnlich, in zwei wilde Tiere verwandelt zu werden, um so den Schlägen und argen Flüchen des Vaters entfliehen zu können. Und eines ganz normalen Wochentages, der in Wirklichkeit der vergessene sechzehnte Geburtstag der Tochter war, verwandelte sie sich tatsächlich in eine weiße, schön gefiederte Taube und flog schnell durch ein geöffnetes Fenster aus dem ungastlichen Hause davon.

Ihr sollt nun aber nicht glauben, dass sie sich jetzt einfach aus dem Staub machte; nein, sie blieb in der Nähe des elterlichen Hofes, des jüngeren Bruders wegen, der in der Folgezeit von dem Bauern noch mehr als bislang drangsaliert und gepeinigt wurde. Doch an seinem eigenen sechzehnten Geburtstag - so lange hatte die weiße Taube auf ihn gewartet - verwandelte der Bruder sich in einen großen Stier, dessen Augen blutrot leuchteten und dessen Gebrüll so Furcht erregend laut war, dass dem bösen Bauern das Herz auf der Stelle in die Hosen sank. Als der mächtige Stier nun auch noch mit gesenktem Kopf auf ihn zu stürmte, mit weißem Rauch in den Nüstern und Flammen, die ihm rechts und links aus dem Munde stoben, da verließ der Vater schleunigst das Haus und rannte um sein Leben.

´Der kommt bestimmt nicht wieder!` sagte der Stier daraufhin lachend zu der Taube; diese war sich jedoch dessen nicht so sicher, deshalb flog sie ihrem ehemaligen Peiniger alsbald hinterher. Der war inzwischen unter die Räuber gefallen, die im fernen Persien ein noch ärgeres Unwesen trieben als hierzulande. Sie hatten ihn ausgeraubt und festgebunden und beratschlagten gerade darüber, was sie nun mit ihm anfangen sollten. Die Taube erblickte die Gruppe hoch oben auf einem Berg, wo die Räuber die Passstraße besetzt hielten; sie flog schnell herbei und setzte sich in der Nähe des Gefangenen auf dem kargen Boden nieder.

´Schaut mal!` meinte einer der Räuber belustigt, ´Unser armer Bauersmann hat sich sogar eine Begleitung mitgebracht.`

´Das glaube ich nicht`, antwortete ihm ein anderer. ´Sieh doch nur, wie kalt sie ihn unentwegt anstarrt! Ich habe noch nie eine Taube mit einem so bösen Blick gesehen.`

Der erste Räuber zuckte mit den Schultern und wandte sich wieder dem Bauern zu, der laut jammerte, man solle ihn doch nur freilassen, bestimmt werde sein Sohn ja auch ein angemessenes Lösegeld für ihn bezahlen. Der Räuberhauptmann schickte daraufhin einen seiner Spießgesellen zum Hof des Bauern, der Mann kam jedoch schon nach einer Stunde mit leeren Händen zurück und gab den anderen einen sehr absonderlichen Bericht. Ein großer Stier mit blutroten Augen hätte ihn von der Schwelle des Hauses gejagt, auf die verdutzte Frage des Räubers hätte er noch hohnlachend erklärt, dass ihm das Leben des Bauern, seines leibhaftigen Vaters, keinen Pfifferling wert sei.

Das war der Augenblick, auf den die Taube schon lange gewartet hatte, sie flog dem Räuberhauptmann direkt vor die Füße und gurrte laut vernehmlich: ʼTötet ihn, tötet ihn!ʻ

Das war den Räubern dann doch zu stark; sie ließen den für sie nutzlos gewordenen Bauern nach einer kräftigen Tracht Prügel wieder laufen, und dieser beeilte sich, den steilen Berg hinab aus ihren Augen zu kommen. Die Taube blieb nun ruhig sitzen, bis sich auch die Banditen auf den Weg hinunter gemacht hatten, um für ihr verruchtes, heimliches Gewerbe einen neuen Standort aufzusuchen, dann begann sie damit, oben auf dem Hang einige kleine Steinchen los zu picken. Die Steine rollten geschwind den Berg hinab, rissen durch ihren Schwung bald auch größere mit sich, die wiederum noch schwerere Brocken bewegten und schließlich einen gewaltigen Steinschlag verursachten. Die Räuber auf halber Höhe sprangen sofort erschreckt zur Seite, der Bauer aber wurde von den los gebrochenen Gesteinsmassen unten am Fuße des Berges jämmerlich erschlagen. Nun schüttelten die Banditen, die das alles mit angesehen hatten, staunend ihre Köpfe und der Hauptmann sagte anerkennend: ´Da hat diese kleine Taube also doch noch bekommen, was sie so sehnlich von uns begehrte!`"

Alafenisch schaute aufmerksam in die Runde und entnahm den Zustimmung nickenden Gesichtern, dass wir Zuhörer die Dinge nicht viel anders als der Hauptmann der Geschichte sahen. Und ob du es glaubst oder nicht, liebste Freundin, nachdem der Erzähler geendet hatte, flog eine der Tauben, die er uns vorher auf dem Dach des Silbergeschäftes gezeigt hatte, zu uns herunter und stolzierte nach einer Weile sogar über Alafenischs bunten Teppich. Den Umherstehenden stockte natürlich zuerst einmal der Atem, und es dauerte eine ganze Weile, bis ich mir deutlich in Erinnerung gerufen hatte, dass diese Taube hier und die in dem Märchen keinesfalls identisch sein konnten, schon des zeitlichen Abstandes wegen. Alafenisch fragte schmunzelnd in die Menge: „Wollt ihr jetzt wissen, wie die Geschichte weitergeht?"

Selbstverständlich wollten wir das und machten uns demnach bereit für einen zweiten Marsch zu dem Weidenkörbchen, so weit hatte uns die Erzählung doch noch nicht eingefangen, dass wir diesen Teil der Abmachung vergaßen. Salim Alafenisch machte mit seiner rechten Hand eine abrupte Bewegung, und die Taube flog schnell zurück zu ihren Gefährten, während in das Körbchen die ersten kleinen Scheine fielen. Inzwischen war es fast dunkel geworden, und die Leute zündeten ihre mitgebrachten Kerzen an; eine besonders dicke stellte jemand direkt vor Alafenischs Teppich, gerade so, dass das Gesicht des Sitzenden gut erleuchtet wurde. Der Geschichtenerzähler hatte die Augen wieder halb geschlossen, und ich sah ihn mir nun im Schein der flackernden Kerze etwas genauer an. Ich bemerkte die grauen Strähnen in seinem Haar und an den dicken Falten, die sich um seine Mundwinkel gelegt hatten, dass er ordentlich alt geworden war - wie ja auch an mir die Zeit nicht spurlos vorübergegangen ist, nur habe ich dieses eben nicht so auf einen Schlag bemerken müssen. Was sich aber am meisten verändert hatte an unserem gemeinsamen Freund, das waren die ruhige Gelassenheit und die Haltung voller Würde, mit der er seine Geschichten vorzutragen gelernt hatte, sie wurden durch einen rundlichen Bauch und kräftige Hände, die beim Sprechen immer in Bewegung waren, nur noch unterstrichen. Auch seine Stimme, die dunkel und melodisch wie ein breiter Strom dahin floss, war ganz dazu angetan, ihm und seinen Gedanken den gehörigen Respekt zu verschaffen. Auf seiner Stirn kräuselten sich nun gerade zwei dicke waagerechte Falten, gut zu sehen in dem Kerzenlicht, das auch den hohen Turban bis zur Hälfte noch erleuchtete. Alafenisch machte die Augen auf und sprach weiter:

„Die Taube verwandelte sich nach der blutigen Tat wieder in das junge Mädchen und eilte sofort nach Hause, wo auch der jüngere Bruder seine ursprüngliche Gestalt zurückerhalten hatte. Sie fiel ihm in die Arme und erzählte aufrichtig vom Tod des ungeliebten Vaters, der sie beide von jetzt ab nie wieder behelligen würde. Daraufhin lebten sie in friedlicher Eintracht zusammen auf dem elterlichen Hof und bewirtschafteten die Felder etwa ein Jahr lang, bis die jungen Männer aus der Umgegend schließlich auf die anmutige Schönheit der Schwester aufmerksam wurden und um ihre Hand anhielten. Den ersten wies sie mit barschen Tönen ab, denn sie hatte in ihm einen der Räuber wieder erkannt, die damals ihren Vater gefangen genommen hatten; den zweiten mochte sie wegen seiner krummen Hakennase und seines grimmigen Aussehens nicht so recht leiden. Als dann aber ein junger Kaufmann um sie warb, mit eleganten Manieren und von Hause aus sehr begütert, da willigte sie endlich ein und zog bald darauf in sein geräumiges Haus mit den vielen Zimmern. Am Anfang war sie wohl auch sehr verliebt, und ihr zukünftiger Ehemann las ihr jeden Wunsch von den Augen ab; das änderte sich jedoch rasch, als der Kaufmann hinter ihr gut verborgenes Geheimnis zu kommen versuchte. Eines Tages, als er sie wieder mit bohrenden Fragen bestürmt und zu guter Letzt aus Zorn und beleidigtem Stolz seinen Ledergürtel zur Hand genommen hatte, um sie damit zu züchtigen, verwandelte sie sich plötzlich zurück in die kleine weiße Taube und flog ihm auf Nimmerwiedersehen davon.

Sie nahm zuerst den bekannten Weg zum Hof ihres jüngeren Bruders, doch der hatte inzwischen ein Mädchen von einem der Nachbargüter geheiratet, das schon die ersten Anzeichen einer Schwangerschaft mit sich herumtrug. Als die Taube ihrer und ihres gewölbten Bauches ansichtig wurde, änderte sie schnell und entschieden die Richtung, setzte sich irgendwo traurig am Wegesrand nieder und überlegte, was sie nun mit ihrem Leben anfangen sollte. Schließlich entschloss sie sich dazu, das Heimatland zu verlassen und immer weiter in Richtung Westen zu fliegen, bis sie in einer großen unbekannten Stadt anlangen würde, in der sie ganz von vorne anfangen könnte. Sofort stieg sie hoch in die Lüfte und flog einen Tag und eine ganze Nacht lang, überquerte die Ebene von Bagdad und gelangte endlich nach Syrien, wo sie sich früh am nächsten Morgen im Angesicht des Osthangs des Antilibanon hier in der ehemaligen Oase von Damaskus niederließ. Und sofort, als ihre Füße den Boden unserer Vaterstadt berührten, bekam sie wieder ihre ursprüngliche Gestalt. Sie lebte von nun an einige Wochen in diesem Basar, lernte schnell unsere Sprache zu beherrschen und bekam schließlich eine ordentliche Anstellung als Damastweberin; sie hatte dadurch zwar nur ein bescheidenes Einkommen, war aber trotzdem frei und unabhängig. Von ihrem ersten Lohn mietete sie sich eine kleine Dachkammer in der Bab Tuma unweit der großen Moschee und ging am Ende wie alle anderen Damaszener ihren eigenen Interessen und Geschäften nach. Ab und zu lernte sie einen schönen, jungen Mann kennen und nahm ihn mit hoch in ihr Zimmer, wenn er ihr besonders gut gefiel, um mit ihm für eine einzige Nacht das Lager zu teilen. Doch wenn dieser mehr von ihr verlangte, als sie ihm freiwillig zu geben vermochte, oder sogar grob und verletzend zu ihr werden wollte - oder wenn sie mitten in der innigsten Umarmung zu eisiger Kälte erstarrte, dann flog plötzlich eine schön gefiederte Taube aus dem Fenster, und der genarrte Liebhaber blieb allein in der Dachkammer zurück.

Das ging so etwa drei Jahre", sagte Alafenisch und machte dabei eine ausladende Handbewegung, die die Länge der verstrichenen Zeit verdeutlichen sollte, „da kam einmal ein groß gewachsener bärtiger Mann mit ihr, der schon im ersten Augenblick ihrer Begegnung sehr anziehend auf die schöne Perserin gewirkt hatte. Er besaß ein edel geschnittenes Antlitz mit einer hohen Stirn, allerdings auch zwei äußerst stechende Augen, deren Blick sie förmlich durchbohrte, deshalb wollte sie ihm auch nicht sofort ihre Liebe schenken. Stattdessen bekam sie es bald mit der Angst zu tun und verwandelte sich schnell in die Taube, doch als sie wieder wie üblich nach draußen flüchten wollte, war der unheimliche Gast schon zum einzigen Fenster der kleinen Dachkammer gesprungen und hatte es behände verschlossen. Danach zog er lächelnd einen silbernen Käfig unter seinem weiten Mantel hervor, und die Taube musste mit großem Schrecken einsehen, dass sie dieses Mal hoffnungslos in der Falle saß. Endlich flog sie freiwillig und erhobenen Kopfes in ihr silbernes Gefängnis, das der Bart tragende Mann schnell von außen verriegelte. Er verließ mit dem Käfig in der Hand das Zimmer, stieg die vielen Treppen hinab und stand bald unten vor dem Haus auf der Straße. Wie staunte die kleine Taube aber, als er jetzt mit ihr mitten durch das Viertel der Vornehmsten des Reiches schritt und dann sogar durch einen Nebeneingang den reich geschmückten Palast des Kalifen betrat. Die Bediensteten in ihren kostbaren Roben ließen ihn überall durch mit seiner besonderen Fracht; ja, sie verbeugten sich sogar tief und respektvoll vor ihm, bis er schließlich in einem geräumigen, mit etlichem Luxus ausgestatteten Badezimmer verschwand. Er stellte den silbernen Käfig auf eine verzierte Kommode aus Zedernholz ganz in der Nähe des großen Wandspiegels, danach rasierte er sich mit einem scharfen Messer vollständig seinen Bart ab. Erst jetzt erkannte die verschüchterte Taube den berühmten Kalifen, dessen Abbild in jeder Amtsstube unserer Stadt an der Wand hing, wieder, und ihr Herz hüpfte vor

Freude auf und ab. Sie ließ sich jedoch nichts davon anmerken, und erst als er mit ihr in seinem prunkvollen Schlafgemach angelangt war, alle Türen und Fenster des Raumes geschlossen und den Vogelkäfig weit geöffnet hatte, flog sie ohne weitere Umschweife und ganz furchtlos zu ihm hin. Er kraulte sie nun vorsichtig am Halsgefieder und erzählte ihr aufrichtig, dass er vor noch nicht ganz einem Jahr von der Existenz einer geheimnisvollen Perserin erfahren habe, die in der Bab Tuma bei den Christen wohne und sich manchmal bei Gefahr als Taube verwandelt in die Lüfte erheben und im Mondschein davonfliegen könne. Und dass er sich seit diesem Moment vorgenommen habe, sie baldigst kennen zu lernen und sie eines Tages als seine einzige Gattin in diesen Palast hier heimzuführen.

Nun öffnete auch die Taube ihren zierlichen Schnabel und berichtete wahrheitsgemäß von ihrem durchlebten Leid, von den Bedrängnissen durch den bösartigen Vater und wie sie schließlich große Schuld auf sich geladen habe, weil sie für seinen jämmerlichen Tod ganz alleine verantwortlich sei. Und dabei kullerten ihr etliche Tränen aus den Augen, die sich auf der Stelle in kostbare Perlen verwandelten und von dem Kalifen mit ungläubigem Staunen aufgesammelt wurden, einen solchen Wahrheitsbeweis hatte er bislang sicherlich noch nicht erlebt. Er nahm sie daraufhin tröstend auf den Arm und streifte behutsam über ihre eingezogenen Flügel, da wurde sie wieder eine Frau und seine Hände lagen auf ihren wohlgeformten Brüsten. Sie ließ es einfach geschehen - auch als er sie jetzt langsam entkleidete, sagte sie kein einziges Wort und wehrte sich nicht dagegen. Danach liebten sie sich zum ersten Mal in dem großen Himmelbett des Kalifen, kurze Zeit später heirateten sie und führten von da an eine absolut glückliche und harmonische Ehe. Die schöne Frau des Kalifen hatte schließlich auch gar keine Angst mehr vor seinem stechenden Blick, der eine wichtige Beigabe seines königlichen Amtes war, weil sie wusste, dass dieser von einem gerechtigkeitsliebenden und ausgleichenden Charakter herrührte. Außerdem sagte sie sich, wenn der Kalif sie eines Tages nicht mehr liebevoll umsorgen würde, dann könnte sie sich immer noch in eine Taube verwandeln und durch das nächst beste Fenster davonfliegen. Fenster und Türen ließ der weise Ehemann in Zukunft auch immer weit offen, dadurch fasste sie endlich vollstes Vertrauen zu ihm und es kam nie dazu.

Nur wenn sie in der Nacht gemeinsam den höchsten Punkt der Lust erreichten, dann verwandelte sie sich manchmal in die kleine Taube zurück und schoss mit schnellem Flügelschlag an der Decke des gemeinsamen Schlafzimmers hin und her. Nach einer Weile setzte sie sich immer ermattet auf seine bloße Brust, um bald darauf in der Beuge seines kräftigen Armes einzuschlafen. Wenn sie früh am nächsten Morgen erwachte, war sie wieder mit Haut und Haaren ein Mensch, und weder von ihr noch von ihrem Gatten erfuhr irgendjemand ein Sterbenswörtchen von ihren geheimen Künsten."

Entschuldige, liebste Freundin, dass ich dir die letzten Zeilen nicht erspart habe, aber so hat es unser gemeinsamer Freund Alafenisch nun einmal erzählt, und ich darf dir diese Worte über die körperliche Liebe deshalb nicht einfach verschweigen. Du wirst mir sicherlich glauben, dass ich keinerlei bestimmte Absicht damit verfolge - zwischen uns beiden war nie die Rede von solchen intimen Dingen, und es stünde unserer langjährigen freundschaftlichen Beziehung ganz sicherlich schlecht an, auch wenn sich vielleicht die Moral und die gute Sitte bei euch am blauen Mittelmeer in etwas großzügigerem Gewande zeigen möchten. Ich erinnere mich noch gut daran, wie du damals aus Damaskus weggegangen bist, um nach deinem erfolgreichen Medizinstudium oberhalb von Latakia eine Stelle als Assistenzärztin anzunehmen; Du, eine unverheiratete Frau und die erste Tochter eines stadtbekannten gläubigen Moslems. Ich bin ja selber absolut gläubig, mittlerweile auch ein Mekka gereister Hajj, und habe deinen Schritt damals nur schweren Herzens gebilligt.

Vielleicht wäre unsere Verbindung unter diesen besonderen Umständen sogar abgebrochen, wenn ich dich nicht von Kindesbeinen an gekannt und immer als gleichwertigen Menschen, vielleicht sogar etwas mehr als das, akzeptiert hätte. Ob allerdings Alafenisch, als er mir und den anderen diesen Teil seiner Geschichte erzählte, dabei eventuell an dich gedacht hat? Ich weiß es nicht, und ich kenne auch nicht genau den Stand eurer Beziehungen, obwohl ich vor Deinem Weggang aus Damaskus einiges über euch beiden reden gehört habe; er selbst ist ja dann für ein paar Jahre spurlos verschwunden, endlich wieder hier aufgetaucht und aufs neue abgereist bis eben vor einigen Tagen. Nun frage ich mich doch ganz ernstlich, vielleicht trägt meine etwas wehmütige Stimmung dazu bei hier in meinem Arbeitszimmer mit den vor der grellen Sonne verdeckten Fensterläden, war er in der Zwischenzeit etwa ganz oder öfters bei dir? Hast du ihn möglicherweise sogar zu mir herunter geschickt, als ein Zeichen, dass er untrennbar mit uns und der Geschichte unserer Freundschaft verbunden ist? Ich denke, ich fange jetzt so langsam an, in der Mittagshitze zu phantasieren, lieber gehe ich den Weg zu den realen Erlebnissen und damit zu der von Alafenisch dargebotenen Geschichte zurück!

Es ist wohl selbstverständlich, dass erst einmal wieder ein ordentliches Bakschisch an der Reihe war. Der Korb drohte noch unweigerlich voll zu werden an diesem besonderen Abend im Suq, die ersten Sterne waren am Firmament zu sehen, und eine angenehme Kühle zog nun endlich über den Platz. Alafenisch trank einen Schluck Wasser, erhob sich schwerfällig von seinem Sitzteppich und kam auf ein paar kurze Worte zu mir herüber.

„Wie ist es dir in der Zwischenzeit ergangen, alter Freund?"

„Es geht so, und dir, Salim? Wirst du nach deiner Erzählung noch Zeit dafür haben, dich mit mir ins Cafe Maqha an Naufara zu setzen und in Ruhe miteinander zu reden?"

„Wir werden sehen. Eigentlich spreche ich meine Gedanken aus durch das, was ich allabendlich erzähle - ich muss jetzt wieder an die Arbeit."

Er ging zurück an seinen angestammten Platz, setzte sich mit hoch gerafftem Kaftan nieder, und die Zuhörer verstummten sofort. Leider bin ich nicht wirklich in der Lage, dir den Vortrag des Märchens in seiner ganz eigenen Stimmung zu vergegenwärtigen; wo doch gerade wir Orientalen wissen, dass eine Geschichte ohne die dunkle Stimme des Geschichtenerzählers, ohne seine Mimik ist wie eine Blume ohne Farbe, wie ein scharfes Messer ohne den dazugehörigen Griff. Nun denn, du musst also mit diesem im Vergleich recht armseligen Schriftstück Vorlieb nehmen.

„Bei all den angenehmen Dingen des Lebens, die uns die Stellung als Erster des Reiches normalerweise vermuten lassen, kam der Kalif doch eines Tages in übergroße Bedrängnis. Und zwar, weil sich sein eigener Bruder heimlich hinter seinem Rücken mit dem Großwesir gegen ihn verbündet und sowohl mit Geld als auch mit geschickt geschmiedeten Intrigen fast sämtliche Leute des Hofes hinter sich gebracht hatte. Die beiden Verschwörer hatten einen bösen Plan ausgeheckt, ihn bald vor allem Volke in seinem eigenen Thronsaal zu ermorden und danach die Herrschaft über Damaskus und ganz Syrien an sich zu reißen, und der Tag ihres schändlichen Vorhabens rückte unweigerlich immer näher heran. Der Kalif, der normalerweise vor allem und jedem auf der Hut war, spürte zwar insgeheim etwas von den sonderbaren Vorgängen um ihn herum; er konnte jedoch beim besten Willen nicht herausbekommen, woher ihm diese unheimliche Gefahr drohte und warum. Da lag er nun an einem dieser langen Abende neben seiner anmutigen Frau im großen Ehebett und konnte nicht fröhlich werden, weil die dunklen Ahnungen ihn immer mehr verfolgten.

´Was ist mit dir?` fragte sie ihn leise, ´Dein Gesicht wirkt heute Abend so sorgenvoll!`

´Ich habe das undeutliche Gefühl, liebste Frau, dass ich in den nächsten Tagen oder

Wochen sterben werde, wenn nicht noch etwas ganz Unvorhergesehenes passiert.`

Seine schöne Gattin erschrak über diese Worte und drang sofort in ihn, ihr seinen Verdacht so genau wie möglich zu erklären. Danach versprach sie auf der Stelle, ihm mit all ihren ungewöhnlichen Kräften behilflich zu sein und flog direkt beim nächsten Tagesanbruch als kleine Taube davon. Auf den Wegen im großen Garten des Palastes belauschte sie die Gespräche etlicher Bediensteter, die sich auch um das Erscheinen der neuen Machthaber drehten und darum, wie man sich den jüngeren Bruder des Kalifen und den dickleibigen Großwesir am besten gewogen stimmen konnte. Schließlich flog sie zum Arbeitszimmer des Großwesirs und setzte sich leise aufs Fensterbrett, als dieser gerade mit dem bleichen Kalifenbruder zu frühstücken begann. Und tatsächlich besprachen die beiden Schurken, nachdem sie sich vergewissert hatten, dass keine Diener in ihrer Nähe waren, nun in allen Einzelheiten ihren verrufenen Plan. Der Taube sträubte sich beim bloßen Zuhören schon das Nackengefieder, doch sie prägte sich alles sehr genau ein, und als sie genug gehört hatte, stieg sie unbemerkt von dem Fensterbrett aus hoch in die Lüfte.

Erst am Morgen des übernächsten Tages kehrte sie in das Schlafzimmer des unglücklichen Kalifen zurück, der sich gerade erst angekleidet hatte; er hatte Todesangst in den Augen und war sehr froh darüber, sie endlich wieder zu sehen. Sie verwandelte sich sofort und erklärte ihm geschwind, dass sein eigener Bruder ihn am kommenden Montag im großen Thronsaal ermorden wolle, bei der morgendlichen Gerichtsverhandlung, direkt nach dem ersten Urteilsspruch. Der Kalif schüttelte sprachlos den Kopf über das Vorhaben dieser Bösewichte und darüber, dass er selbst die neidische Falschheit in dem Auftreten seines Bruders nicht bemerkt hatte, so dass ihm erst jetzt über den wahren Betrug die Augen aufgingen. Er küsste nun voller Dankbarkeit seine treue Frau und hatte daraufhin mit dem Anführer der Palastwache eine längere geheime Unterredung.

An dem bezeichneten Montag standen der Kalif und seine Gattin zeitig auf, frühstückten in aller Ruhe und begaben sich schließlich in ihren prächtigsten Gewändern in den Thronsaal, in dem schon viel Volk auf den Bänken versammelt war und auf die erste Verhandlung wartete. Ein anerkennendes Raunen ging durch die Zuschauer, die sich alle von ihren Plätzen erhoben hatten, um dem Kalifen und seiner strahlenden Gemahlin die geforderte Hochachtung zu erweisen. Der Kalif hieß nun seinen Bruder und den Großwesir, zu seiner Rechten und zu seiner Linken zu stehen, bat die vielen Leute freundlich, wieder Platz zu nehmen und setzte sich dann selbst auf dem reichlich verzierten Thron zu Gericht. Zuerst trat ein einfacher Bauer nach vorne, der seinen reichen Nachbarn anklagte, ihm mit Hilfe zweier Spießgesellen einen Sack voll mit Datteln gestohlen zu haben; der Kalif hörte ihm und dem Nachbarn aufmerksam zu und ließ danach seinen Urteilsspruch vernehmen.

An dieser Stelle, verehrtes Publikum, muss ich als der dienstbeflissene Erzähler der Geschichte noch einmal an das Weidenkörbchen vor meinen Füßen erinnern, dessen Inhalt mir allein den Mut und die Kraft zum Weitererzählen gibt. Auch ich muss schließlich essen und trinken und habe noch ein paar andere Bedürfnisse, deren Befriedigung nicht immer ganz kostenlos ist. Es ist sicherlich das letzte Mal in dieser sternenklaren Nacht, dass ich euch um diesen kleinen Gefallen bitte, liebe Leute, aber ohne das Geld geht unser Märchen leider nicht zu Ende!"

Ein leichtes Murren ließ sich unter den Zuhörern vernehmen, als Alafenisch ihnen so drastisch seine Macht demonstrierte; hier an dieser ausgesuchten Stelle einfach so inne zu halten, war natürlich nicht sehr fein, aber ausgesprochen wirkungsvoll. Da der Erzähler keinerlei Anstalten machte, seine gerade geäußerte Meinung in diesem Punkte wieder zu korrigieren, griffen schließlich die ersten geschlagen in ihre Geldbörsen. Auch ich warf etwas in das

Körbchen, und diesmal schaute Salim mich ganz unverschämt grinsend an.

„Denk daran", sagte ich leise drohend, „es ist meine Geschichte, und ich möchte, dass du sie auch bis zum Schluss erzählst!"

Alafenisch nickte bedächtig, und erst, als alle ihren Obolus entrichtet hatten, schüttete er den Inhalt des Körbchens geruhsam in eine der Seitentaschen seines Kaftans. Er rollte umständlich den Teppich zusammen, stellte ihn an eine Ecke an der Mauer und sprach dann im Stehen weiter, wobei sein Gesicht von nun an vollkommen im Dunkeln verborgen blieb.

„'Bauersmann`, sagte der Kalif, 'du bist ganz sicherlich im Recht, denn niemand darf dir einen Sack Datteln stehlen, auch der allererste Mann dieses Reiches nicht! Aber was hat dir dein Nachbar schon angetan im Gegensatz zu meinem eigenen Bruder, der sich mit dem treulosen Großwesir zusammengetan hat, um mich hier vor euer aller Augen hinterrücks zu ermorden?`

Ein lauter Aufschrei des Entsetzens und der Entrüstung ging durch die versammelten Anwesenden, der dickliche Großwesir wurde plötzlich kreideweiß, und dem Bruder fiel vor Schreck der Dolch aus dem Gewand. Der Kalif sprang nun mit einer blitzschnellen Bewegung vom Thron herunter, hob das Mordwerkzeug vom Boden auf und hielt es hoch über seinem Kopf in die Höhe: ´Mit diesem Dolch wollte er es tun, und zum Beweis will ich euch jetzt auch noch zeigen, wie meine liebe Frau von dem Plan zu diesem schändlichen Verbrechen erfahren hat.`

Da war der Platz, wo sie gerade noch gestanden hatte, plötzlich leer und eine weiße, schön gefiederte Taube flog emsig in der großen Kuppel des Thronsaales umher. Die versammelten Leute staunten natürlich sehr über diese seltsame Verwandlung, und der Kalif erklärte nun bereitwillig, in der Gestalt dieser Taube hätte seine treue Gattin ihren Schwager und den Großwesir bei ihrer geheimen Unterredung belauscht. Die Anwesenden klatschten daraufhin begeistert in die Hände, die beiden Missetäter jedoch rafften noch einmal ihre Gewänder und all ihren Mut zusammen. Sie flohen unter allgemeinen Rufen der Missachtung gemeinsam in Richtung des Ausgangs, und zwar so schnell, dass die Leibwache des Kalifen sie nicht mehr rechtzeitig ergreifen konnte. In der weiten Flügeltüre stand aber plötzlich ein massiger Stier mit blutroten Augen, Flammen züngelten ihm an beiden Seiten aus dem Mund, und weißer Rauch entwich seinen Nasenlöchern. Die zwei Verräter blieben wie angewurzelt stehen bei diesem Furcht erregenden Anblick und wurden dann, ohne noch weiteren Widerstand leisten zu wollen, von der Palastwache gefangen genommen und wieder nach vorne geführt. ´Wie soll ich mit den beiden Übeltätern verfahren?` fragte der Kalif jetzt laut in die Menge.

´Tötet sie`, riefen alle wie aus einem Munde, ´tötet sie!`"

Verzeih, liebste Freundin, wenn ich hier noch einmal unterbreche, aber ich befürchte, nachher werde ich vielleicht keine

Gelegenheit mehr dazu haben. Als Salim Alafenisch diese Worte aussprach, die gleichen, die die Taube ja am Beginn der Erzählung dem Räuberhauptmann gesagt hatte, da waren auch wir Versammelten im Inneren unserer Herzen fest davon überzeugt, dass dies eine gerechte Strafe und eigentlich der alleinig konsequente Richterspruch sei. Und so vereinigten wir uns im Geiste mit der aufgebrachten Menge im Thronsaal, welche die Köpfe der beiden Missetäter, Recht und Rache in einem einforderte. Der Geschichtenerzähler, die Hände in den Taschen des weiten Kaftans, sprach weiter:

„Nun verwandelte sich die Frau des Kalifen zurück und trat einige Schritte vor; ihre mandelförmigen Augen leuchteten vor Aufregung, als sie sich ehrfürchtig vor ihrem Gatten verbeugte. ´Mein Mann und Gebieter, ich bitte Euch inständig, tötet nicht Euren eigenen Bruder! Schickt ihn weit weg in die Verbannung, den ungetreuen Großwesir auch, auf dass sie Euch und Eurem Volke nie mehr etwas Böses antun können.`

Da lächelte der weise Kalif plötzlich und verbeugte sich ebenfalls vor seiner Frau, denn er erkannte natürlich sofort, wie sehr ihm die schöne Perserin auch von ihrem eigenen Schicksal gesprochen hatte. Und so, wie es der ausgesprochene Wunsch der Frau des Kalifen war, gab er jetzt die Anweisung, sollten die Dinge auch geschehen. Die Übeltäter wurden sofort von den Wachen außer Landes gebracht, und der Kalif verlebte mit seiner Gattin noch etliche glückliche... Doch das kennt ihr ja alles, meine lieben Freunde, also bis zum nächsten Mal, und für heute wünsche ich euch eine gute Nacht!"

Im nächsten Moment bückte sich Alafenisch schnell und blies die vor ihm stehende Kerze aus, und als ich nun versuchte, ihn in dem allgemeinen Aufbruch zu erreichen, musste ich schließlich bedauernd feststellen, dass er einfach schon gegangen war. Natürlich war ich zuerst richtig zornig auf ihn und gestand mir erst später ein, dass es eben sein freier Wille gewesen war, mich nicht mehr zu treffen, um über die alten Zeiten zu reden, und dass ich mich wohl oder übel darin fügen musste. In meinen Gedanken sehe ich ihn jetzt immer den Platz verlassen, eine weiße Taube auf der Schulter und dem silbernen Mondlicht entgegen, so ist es ganz sicher nicht gewesen! Wir haben schließlich das zwanzigste Jahrhundert, und Damaskus ist eine moderne Großstadt von fast 1,5 Millionen Einwohnern. Selbst wenn man hier im Suq für ein paar angenehme Stunden in die märchenhafte Vergangenheit eintauchen kann, holt einen die Wirklichkeit doch irgendwann immer wieder zurück. Nur Alafenisch, mein alter Freund, den ich nicht mehr gesehen habe seit jenem Abend, ist bestimmt weiter unterwegs mit seinem Sack voller Geschichten, und ich denke, vielleicht ist er sogar schon auf dem Weg zu dir. Doch, das ist durchaus nicht unmöglich, liebste Freundin! Denn bei seiner letzten Aufforderung zum allgemeinen Bakschisch habe ich ihm anstatt der geforderten Lira einen handgeschriebenen Zettel mit deiner Adresse ins Körbchen geworfen…

Der Yogi und das Mädchen

_Es_ war einmal zu der Zeit, als der
fürchterliche Shiva im Glaubensstreit die
Lehren des ehrwürdigen Gautama Buddha
fast vollkommen vom indischen Boden
verdrängt hatte, da lebte im Gebiet des
heutigen Bihar ein Yogi, der, noch nicht
allzu lange Yogi und noch knapp unter
vierzig Jahren, getreu seinem Gelöbnis
jeden Tag unter einem Baum saß, meditierte und auf seine persönliche Erleuchtung wartete.
Da der Schatten spendende Baum auf dem
flachen Land unweit eines ständig began-
genen Weges stand, verirrte sich auch
manchmal jemand bis zu seinem Platz,
besah ihn sich von oben oder fragte ir-
gendetwas, bekam aber natürlich nie eine
Antwort. Am Abend ging der Yogi dann
mit seiner Schale ins nahe gelegene Dorf
und erbettelte hier und da etwas Reis, das
reichte meistens für den Tag, sonst wurde
eben einfach gefastet. Oft brauchte er das

aber nicht, denn die Leute mochten ihn, außerdem war er ihr einziger Yogi, den sie nicht wegen allzu großer Kleinlichkeit an ein anderes Dorf verlieren wollten.

Eines Tages nun trat ein Mädchen neugierig auf ihn zu, höchstens halb so alt wie er, von sehr geradem Wuchs und atemberaubender Schönheit. Sie trug ihr schwarzes Haar offen und hatte einen bunt bestickten Seidensari umgewickelt, aus dem unten ihre schmalen Füße ragten. Die braunen Augen waren mit Kajal geschminkt und ihre Lippen erinnerten an eine rosa Lotosblume, im rechtmäßigen Hinduismus auch seit alters her ein Sinnbild des Wassers und der Fruchtbarkeit. Sie ging einmal um den Yogi herum, stellte sich dann vor ihm auf und sagte: „Ehrwürdiger, darf ich dich etwas fragen?"

Schweigen.

„Auch nicht, wenn es für mich und mein zukünftiges Leben sehr wichtig ist?"

Wieder keine Reaktion und das ausdruckslose Gesicht des meditierenden Yogi. Da schüttelte das Mädchen unwillig den Kopf und ging weg.

Nach einer Woche kam sie erneut an dem Baum vorbei, wohl mit einer Freundin, sie sah den Yogi kurz an und zuckte dann geringschätzig mit den Schultern. Ihrer Freundin flüsterte sie etwas zu, und sie prusteten beide los, bevor sie laut lachend in Richtung des Dorfes verschwanden.

Ein paar Tage später war das schöne Mädchen wieder da und setzte sich vor dem Meditierenden auf die Erde. Sie sah ihm eine Zeitlang in die Augen, dann meinte sie: „Gut, wenn du mir schon nicht antworten willst, so musst du wenigstens zuhören."

Und dann erzählte sie ihm ihre Geschichte, wie sie als dreizehnjähriges Mädchen verheiratet worden und ihr sehr viel älterer Mann nach fünf Jahren an einer Krankheit gestorben war. Wie sie nicht mit ihm verbrannt wurde, weil er es als seinen letzen Willen so verfügt hatte, wie sie auch nicht wieder verheiratet wurde, weil ihr Mann keine Brüder hatte. So lebte sie nun allein auf dem Hof, bekam tagsüber Hilfe von ihrem jüngeren Bruder, und war im Dorf als junge Witwe mit eigenem Auskommen toleriert. „Aber", so fragte sie nun den Yogi, „das kann doch nicht auf ewig mein Schicksal sein. Ein ganzes Jahr lang habe ich mich in schwarze Kleider und einen Schleier gehüllt, jetzt ist endlich Schluss damit. Sag mir, Ehrwürdiger, bleibe ich auf ewig Witwe, oder hält das Leben noch etwas anderes für mich bereit?"

Sie erntete wieder das übliche Schweigen. Also erhob sie sich, wischte sich kurz eine Träne aus dem Augenwinkel und ging.

Zwei Tage später war sie wieder da, kurz vor dem Sonnenuntergang, den der Yogi stets für seinen abendlichen Ausflug in das Dorf abwartete. Sie kniete sich vor ihm nieder und sagte lächelnd: „Heute werde ich für dich tanzen."

Und schon war sie aufgesprungen und wirbelte auf leichten Füßen um den Baum herum. Sie tanzte zu einer imaginären Musik ihre anmutigen Figuren, bis es anfing, richtig dunkel zu werden. Danach setzte sie sich verschwitzt dem Yogi gegenüber und fragte herausfordernd: „Na, weiser Mann, hat dir das gefallen?"

Und dann ließ sie langsam den Sari herunterrutschen und zeigte dem Yogi im Halbdunkel ihre vollen Brüste. „Hier, diese beiden Halbmonde können dir gehören, wenn du nach Sonnenuntergang an meinem Haus anklopfst."

Sie zog den Stoff ihres Saris wieder hoch und ging. Eine Viertelstunde später erhob sich auch der Yogi, um im Dorf für sein Abendessen zu betteln. Überall klopfte er an und erhielt etwas Nahrung, nur um das Haus der jungen Schönen machte er einen weiten Bogen.

„Warum bist du gestern nicht gekommen?" fragte ihn die Witwe im Licht der untergehenden Sonne. „Also muss ich wohl wieder für dich tanzen!"

Sie stand auf und wickelte sich dieses Mal ganz aus ihrem Sari. Völlig unbekleidet trat sie vor ihn hin und tanzte. Und sie hörte nicht auf, bis der weiße Mond ihren wohlgestalteten Körper silberfarben beschien. Schließlich zog sie ihren Sari wieder an und wandte sich zum Gehen.

„Das war schön." sagte der Yogi.

Sie wandte sich verdutzt um. „Du kannst ja doch sprechen."

„Ja, aber nur nach Sonnenuntergang. Tagsüber erfülle ich mein Gelöbnis, nichts zu sagen und meditierend unter diesem Baum hier zu sitzen. Jetzt geh nach Hause, es ist schon spät."

„Und du, kommst du nicht mehr ins Dorf?"

„Heute nicht, ich kann auch noch morgen Abend essen."

Das Mädchen nickte. Dann fragte sie neugierig: „Wo schläfst du eigentlich?"

„Hier in der Nähe im Wald, da habe ich meine Hütte. Sie ist ganz klein, aber für mich allein reicht es."

„Soll ich morgen wiederkommen?"

„Ich werde dich nicht davon abhalten", sagte die Stimme unten am Baum, denn es war mittlerweile stockdunkel geworden.

In nächster Zeit kam die junge Witwe jeden Tag, setzte sich vor ihn und erzählte ihm Neuigkeiten von sich und aus dem Dorf. So lernte er mit der Zeit die Dorfbewohner besser kennen, manchmal tanzte sie auch für ihn, manchmal auch in die Nacht hinein. Nach dem Dunkelwerden redete er mit ihr, aber niemals vorher. Eines Tages kam sie ganz aufgelöst zu ihm und erzählte, dass die Soldaten des Raja ins Dorf eingedrungen seien, um die jährlichen Steuern zu kassieren. Weil ein Bauer in ihren Augen zu wenig Abgaben geleistet hatte und auch nicht bereit war, diese im Nachhinein zu erhöhen, hatte der Anführer ohne zu zögern sein Schwert aus der Scheide gezogen und ihm einfach den Kopf abgeschlagen. Die junge Witwe war dabei gewesen, es geschah mitten auf dem Dorfplatz vor aller Augen. „Und niemand hat sich gerührt", sagte sie, „um dieses große Unrecht zu sühnen. Am liebsten würde ich…"

„Lass es sein!" sagte der Yogi plötzlich, den sein Mitleid nun doch endlich zu sprechen bewogen hatte, „Das Hadern mit dem Schicksal hat doch keinen Zweck. Vielleicht wollte er ein abschreckendes Exempel statuieren, zumindest kannst du alleine nichts gegen die bewaffneten Soldaten erreichen."

Das Mädchen nickte betrübt. Als sie nachher zurück zum Dorf ging, fiel ihr erst auf, dass er zum allerersten Mal am helllichten Tag mit ihr geredet hatte.

Ein paar Tage später klopfte es abends an ihrer Haustüre. Davor stand der Yogi, mit seiner Essensschale in der Hand. „Soll ich dir etwas zu essen holen, oder möchtest du lieber reinkommen?" fragte die Witwe erstaunt.

Der Yogi nickte, und sie bezog das Ja auf den letzten Teil ihrer Frage, also ließ sie ihn schnell ins Haus hinein. Sie nahm ihm die Essensschale ab und stellte sie auf eine Kommode.

„Setz dich hin!" sagte sie, „ich mache uns schnell etwas Warmes zu essen."

Als er sich vorsichtig umguckte, meinte sie noch: „Keine Angst, mein jüngerer Bruder ist vor einer halben Stunde nach Hause gegangen. Heute Abend wird uns niemand mehr stören."

Bald kam sie zurück mit einem leckeren Gemüsetopf und einer Schüssel voll Reis. Sie aßen gierig mit den Fingern, danach brachte sie eine Schale mit Wasser und ein Handtuch, und sie trockneten sich beide die Hände ab.

„Willst du jetzt wieder gehen?" fragte das Mädchen.

Der Yogi schüttelte den Kopf. Dann kam er nahe zu ihr heran und umarmte sie mit beiden Händen. Sie bot ihm ihre Lippen und sagte danach leise: „Komm mit, da hinten im Nebenzimmer steht mein großes Bett."

Sie gingen Arm in Arm zum Bett hinüber, er zog ihr den bunt bestickten Sari aus und sich selbst sein ungewaschenes Büßergewand.

„Schau!" sagte sie und zeigte lächelnd auf seine Mitte, „Wie groß dein Lingam schon geworden ist. Wirst du ihn jetzt in meine Yoni tauchen?"

„Noch nicht", antwortete der Yogi, „Ich will dich zuerst etwas ansehen." Er strich ihr zärtlich über die beiden Brüste, deren Bild ihn in seinen Träumen verfolgt hatte, und sie legte sich längs auf ihr Bett. Er streichelte ihren Bauch, und sie ließ es auch geschehen, als seine Hand sich zwischen ihren weichen Schenkeln verlor. Dann zog sie ihn auf sich hinauf, und sein Lingam fuhr bald tief in ihre warme Höhle hinein, bis sie beide erschöpft waren. In dieser Nacht geschah das noch drei weitere Male, bis sich der Yogi endlich früh am Morgen davonschlich, um unter seinem Baum die Ruhe zu finden, die seine durchgerüttelten Glieder und sein Geist so nötig hatten.

Natürlich war er am nächsten Abend wieder da. Sie wartete schon mit dem Essen auf ihn, und dann liebten sie sich erneut auf ihrem Bett, dieses Mal mit etwas weniger Begehrlich- und dafür etwas mehr Zärtlichkeit. Er war ganz vernarrt in ihren Orgasmus, der ihm immer vorkam wie bei einem jungen Tier, so hell und klar waren ihre Laute der Erregung. Das ging jetzt so die ganzen nächsten Tage und Wochen, nach dem Essen spielten sie immer lange das Lingam-Yoni-Spiel und am nächsten

Tag saß der Yogi wieder kerzengerade unter seinem Baum und meditierte, wer weiß worüber. Eines Abends sagte er nachher zu dem Mädchen: „Ich habe keine Ahnung, wie das in Zukunft weitergehen soll mit uns beiden."

„Das habe ich auch nicht", gab sie zur Antwort. „Und das Schlimmste ist, dass mittlerweile meine ganze Familie von meinem Umgang mit dir weiß!"

„Wie konnte das geschehen?"

„Mein jüngerer Bruder hat uns letztens belauscht und meinen Eltern davon erzählt. Sie verlangen jetzt, dass ich dich nie wieder sehen soll. Aber wie soll ich das aushalten, wo dir doch nicht nur mein Herz gehört?"

„Ich glaube, ich muss endlich eine Entscheidung treffen."

„Und, kannst du mir vielleicht schon sagen, wie diese Entscheidung aussehen wird?"

„Das kann ich. Ich werde nicht mehr tagsüber ein Mönch sein und nachts dein Liebhaber. Entweder so oder so. Ich will mir aber auch nicht vorstellen, unter meinem Baum zu sitzen und zu meditieren, wenn du immer in meinem Kopf bist. So werde ich meine Erleuchtung nie finden."

„Und, was willst du tun?"

„Gemeinsam mit dir fliehen, wenn du das auch möchtest. Uns woanders ein neues Leben aufbauen, wo uns niemand kennt und keiner von unseren verschiedenen Vorgeschichten weiß."

„Natürlich möchte ich das, ein Leben ohne dich kann ich mir nicht mehr vorstellen. Wann möchtest du, dass wir von hier fliehen?"

„So schnell wie möglich. Am besten morgen Abend."

„Gut, ich werde meine Sachen packen und auf dich warten!"

Am nächsten Abend war der Yogi wieder pünktlich zur Stelle, er hatte auch ein Bündel mit seinen wenigen Habseligkeiten mitgebracht. Das Mädchen öffnete ihm mit verliebten Augen die Tür, dann aßen sie und landeten wieder in ihrem Bett, um sich darauf zum letzten Mal miteinander zu verknäueln. Plötzlich sagte die junge

Witwe mitten im Liebesspiel: „Sag mal, riechst du das auch?"

„Das riecht wie offenes Feuer."

„Ich glaube, mein Haus brennt!"

„Dann nichts wie raus hier!"

Er schnappte sich sein Gewand, und sie wickelte sich schnell ihren Sari um. Danach rafften sie ihre Bündel, der Yogi riss die Türe auf und sie stürmten atemlos nach draußen. Dort blieben sie allerdings stocksteif stehen. Denn vor dem brennenden Haus hatte sich eine große Menschenmenge versammelt, mit Stöcken und Äxten und bösem Hass in den vom Brand hell erleuchteten Gesichtern. Als sie die beiden Verliebten sahen, richteten sie ihre Waffen gegen sie und fingen an, laute Schimpfworte mit lästerlichem Inhalt gegen sie zu rufen. Der jüngere Bruder des Mädchens rannte plötzlich aus einem Haufen von Leuten heraus blitzschnell auf sie zu, einen dicken Holzknüppel in der Hand, und ließ ihn dann mit großem Schwung auf dem Kopf des Yogi niedersausen. Daraufhin brach dieser zusammen und es wurde ihm ganz schwarz vor den Augen…

Als der Yogi erwachte, saß er wieder unter seinem Baum. Er dachte zuerst, er sei von dem wütenden Mob gefesselt worden, doch seine Hände ließen sich frei bewegen. Auch sein Kopf schmerzte nicht, obwohl er doch einen kräftigen Schlag abbekommen hatte. So langsam dämmerte es ihm, dass er nur in der Mittagshitze geträumt hatte. Gut, dass das alles gar nicht passiert war, die verbotene Liebe, die geplante Flucht und der wütende Anschlag auf sein Leben. Er wusste ja auch gar nicht, was mit seiner Freundin nach seiner Ohnmacht passiert wäre. Ein Seufzer der Erleichterung entrang sich seiner Brust. Aber plötzlich verdunkelte sich sein Gesichtsfeld durch einen menschlichen Schatten und eine wohlbekannte Stimme sagte: „Ehrwürdiger, darf ich dich etwas fragen?"
Ganz unwillkürlich erstarrte der Yogi in seiner Haltung. Er würde dem jungen Mädchen keine Antwort geben, nie und

nimmer würde er das noch einmal in seinem Leben tun. Doch dann trat sie zwei Schritte zurück und er sah, wie atemberaubend schön sie war. Sie trug ihr schwarzes Haar offen und hatte einen bunt bestickten Seidensari umgewickelt, aus dem unten ihre schmalen Füße ragten. Die braunen Augen waren mit Kajal geschminkt und ihre Lippen erinnerten an eine rosa Lotosblume, im rechtmäßigen Hinduismus auch seit jeher ein Sinnbild des Wassers und der Fruchtbarkeit. Und mit einem Mal war er sich gar nicht mehr so sicher, ob er nicht doch irgendwann schwach werden und sie anreden würde…

Tutu

Tutu im Bad

„Mein Name ist Tutu. Ich bin die Frau des Schriftstellers Ani, der für unseren göttlichen Pharao die Kornspeicher verwaltet. Wir wohnen in Theben, der Hauptstadt unseres Landes, am längsten Fluss der Erde, direkt neben der größten Wüste der Welt. “

Tutu geht ins Bad. Sie zieht ihre Kleider aus und steigt die marmornen Stufen zum Becken hinunter, in dem sich das lauwarme, nach ätherischen Ölen duftende Wasser befindet. Über die grünliche Oberfläche streichen weiße Nebel und das leise Klatschen der Wellen vermischt sich mit den Unterhaltungen der anderen Frauen. Als sie bis zu den Hüften im Nassen steht, sieht sie an sich herunter und bemerkt, wie ihre rosigen Brustwarzen sich aufrichten. Sie lenkt ihre Schritte an eine unbelegte Stelle am Rande des Beckens, wo sie sich ungestört ihren Träumereien hingeben kann. Gestern hat ihr Mann Ani sie wieder in ihrem Schlafzimmer besucht, nachdem sie fast eine Woche lang geblutet hatte. Sie haben sich in ihrem großen Bett geliebt, lagen nachher erschöpft nebeneinander und dann ist Ani plötzlich aufgestanden.

„Was machst du da?" fragte sie ihn verdutzt.

„Ich will noch am Nilufer spazieren gehen. Ich muss über etwas nachdenken."

„Über die Ma´at?"

„Ja, Tutu."

„Mein lieber Gatte, kann es vielleicht sein, dass ich von der Ma´at aus meinem ureigensten Gefühl heraus sehr viel mehr verstehe als du mit deiner ganzen Grübelei?"

„Das kann schon sein, Tutu, schließlich bist du ja auch eine auserwählte Priesterin unseres großen Gottes Amun. Aber das entbindet mich doch nicht davon, mir meinen eigenen Weg zu den Geheimnissen des Himmels und der Erde zu suchen." Damit verließ er sie einfach, Ani, der ansonsten ein freundlicher Mann und gerechter Herr ihres Hauses ist, auch ein guter Vater ihrer beiden halbwüchsigen Söhne, und kehrte erst sehr spät am Abend wieder zurück.

Wer Ani nicht kennt, der könnte meinen, dass er immer ausgeglichen und voll innerer Ruhe ist, aber Tutu und einige wenige Freunde wissen es besser. In seinem Inneren tobt oftmals ein Orkan von einander widerstreitenden Gedanken und Gefühlen, auch ist er vor jedermann auf der Hut, der ihn nur irgendwie mit Worten oder Taten verletzen könnte. Und verletzbar ist Ani, auch wenn man ihm das auf den ersten Blick nicht ansieht; er kann auch selber ordentlich austeilen, tut dies jedoch nur im äußersten Notfall.

Tutu legt ihre Arme auf den Beckenrand und denkt gerade amüsiert an eine Szene, die sich heute Morgen im Tempel ereignet hat. Sie hat mit einer ihrer Freundinnen im priesterlichen Chor dem Chorleiter, der in ihren Augen viel zu eitel ist, einen frechen Streich gespielt. Danach sind sie beide in eine kleine Nebenkammer des Tempelbezirks geflüchtet und haben so laut gekichert, dass ihnen nachher vom Lachen die Bäuche wehtaten. Gleich will sie Ani die lustige Geschichte erzählen, wenn er heim von der Arbeit kommt.

Ani vor der Haustüre

Mein Herz meiner Mutter, mein Herz meiner Mutter
mein Herz meiner wechselnden Formen
stehe nicht auf gegen mich als Zeuge
tritt mir nicht entgegen im Gerichtshof
mache keine Beugung wider mich vor dem Wägemeister.
(Gebet des Schreibers Ani)

Ani sitzt auf dem Boden vor der Haustüre. In seinen Händen hält er eine lange mit Zeichnungen und Schriftzeichen gefüllte Papyrusrolle. Tutu tritt auf ihn zu und fragt: "Was machst du da, Ani?"
"Ich lasse mir ein Totenbuch schreiben. Unser göttlicher König Haremhab hat mir persönlich die Erlaubnis dazu gegeben. Es ist schon halb fertig, schau nur Tutu, auf diesem Bild sind wir beide zu sehen, wie wir vor dem Gott der Unterwelt, Osiris, erscheinen."
Tutu tritt noch näher heran und sagt: "Tatsächlich. Deine Haltung ist leicht gebeugt,

respektvoll. Der quer über die Brust geleg-
te Arm bedeutet bestimmt Ergebenheit
gegenüber Höhergestellten. Hinter dir
komme ich, begleite dich auf deiner kur-
zen Wegstrecke. Ich halte noch das
Sistrum in der Hand, die Rassel zur Un-
termalung der Tempellieder. Wir sind beide festlich gekleidet, unsere Augen
schwarz geschminkt, die Zeremonienperü-
cken sind kunstvoll gelockt und gefloch-
ten. Ist er es, Osiris, den du am meisten
unter den Göttern verehrst?"
"Ja, Tutu. Denn er hat von seinem Vater
die Macht über die fruchtbare Erde Ägyp-
tens erhalten, er ist das ewige gute Wesen
oder der Vollendete. Er ist für alle Menschen gestorben, hat sich für uns hingege-
ben und ist am Ende doch wieder aufer-
standen. Jetzt ist er der Herr im Toten-
reich, und dorthin, auf das Leben nach
dem Tod, richten sich auch meine größten
Sorgen."
"Aber du darfst auch nicht in den Fehler
des Ketzerkönigs Echnaton verfallen und
nur noch einen Gott lieben, Ani! Denke

daran, dass wir Ägypter mehr als 500 Götter und Göttinnen haben."

"Mach dir doch keine Sorgen. So wie du vorwiegend die Dreieinigkeit von Amun, Ptha und Re – den Schöpfer, den Körper und den heiligen Geist – anbetest, so habe ich auch mindestens drei Lieblingsgötter: Osiris und seine Schwester Isis, gleichzeitig seine Gattin und die Mutter des Himmelsgottes Horus, und eben die Ma´at, die aller Existenz zugrunde liegende Ordnung der Dinge. Wir müssen uns ständig um sie kümmern, nur durch unser tatkräftiges Handeln wird die harmonische Weltordnung überhaupt erst realisiert. Die Ma´at ist ja auch die einzige Göttin, die bei der Erschaffung der Welt vom Himmel herabgestiegen ist zu uns Menschen und seitdem bei uns wohnt, damit die Erde nicht im Chaos versinkt."

"Doch schon in der Weisheitslehre des großen Wesirs Ptahhotep in der 5. Dynastie heißt es:" antwortet Tutu lächelnd, "Halte dich an die Ma´at, aber übertreibe sie auch nicht!"

Tutu geht einkaufen

Tutu geht über den Markt. Sie hat ihre kleine nubische Dienerin mitgenommen, damit sie ihr beim Tragen hilft. Als erstes will Tutu von dem süßen Wein kaufen, den Ani so gerne trinkt. Einen Krug mit den gewöhnlichen 20 Hin, mehr zu schleppen will sie der Dienerin nicht zumuten. Nachdem sie das Geschäft abgeschlossen und die Nubierin sich mit dem Gefäß auf dem Kopf entfernt hat, lässt Tutu sich ziellos durch den Basar treiben. An einem Stand steht ein großer Beduine und verkauft Kleidungsstücke. "Ach", sagt sich Tutu, "ich wollte doch für Ani noch ein Meses-Hemd kaufen, das er zu Hause anziehen kann."

Sie tritt näher hinzu und befühlt den Stoff der an einer Schnur aufgereihten Hemden, alle aus ungefärbtem und schmucklosem Leinen; der Beduine sieht ihr gelassen dabei zu. Er hat ein markantes Gesicht und braungebrannte lange Hände, die anmutig aus den Ärmeln seines weißen Kaftans hervorschauen. "Wie es wohl wäre", denkt Tutu plötzlich, "von so einem Mann geliebt zu werden?" doch dann verscheucht sie den Gedanken schnell wieder. Denn ein solcher Mann könnte sie zwar lieben, ihr aber nicht den richtigen Platz in der Gesellschaft verschaffen, und für ein Abenteuer neben der Spur ist Tutu sich zu schade. Sie nimmt eins der Hemden und fragt, was es kostet.

"Fünf Deben!" sagt der Beduine lächelnd.

Tutu nickt und gibt ihm fünf Kupferdeben.

"Der Stoff ist gut, du sollst deinen Preis dafür haben."

Sie bekommt das Hemd ausgehändigt, das sie gefaltet in ihre Einkaufstasche steckt.

"Hat die Herrin einen weiteren Wunsch?"

"Nein, danke, heute nicht!" antwortet Tutu und wendet sich zum Gehen. Sie läuft weiter über den Basar, lässt sich von den Geräuschen um sie herum treiben und atmet die vielen verschiedenen Gerüche ein. Plötzlich fällt ihr Maja ein, ihr früherer Freund, von dem sie sich vor etlichen Jahren getrennt hat. Maja ist zu dieser Zeit ein sehr schöner Mann gewesen, vielleicht etwas zu exzentrisch und Macht besessen. Schließlich ist er zum Grabausrichter von Tutenchamun bestellt worden, und Tutu hat seitdem immer das ungute Gefühl, dass Maja auch mit den mysteriösen Umständen seines Todes in Zusammenhang gebracht werden muss.

Jetzt kommt sie in einer Nebengasse bei einem Möbelmacher vorbei und sieht eine schön geschnitzte Holztruhe. "Eine Kleidertruhe wäre nicht schlecht", denkt sie bei sich und fragt nach dem Preis.

"Dieses schönes Stück kostet elf Deben!" antwortet der Möbelmacher.

"Etwas teuer, aber die Schnitzerei auf dem Deckel gefällt mir. Ich kaufe deine Truhe, wenn du sie mir gleich zu unserem Haus bringst. Dort bekommst du auch das Geld."

Der Möbelmacher nickt und lässt sich den Weg zu Tutus Wohnstätte erklären. Dann geht sie zurück und denkt daran, dass sie heute Abend mit Ani ein paar Becher von dem neuen Wein trinken könnte.

Ani in der Unterwelt

Ani wirft etwas Brösel ins Feuer, der direkt hell aufprasselt, und schließt daraufhin die Augen.

"Was siehst du?" fragt Tutu nach einer kleinen Weile.

"Ich sehe eine große Waage, wie sie zum Wiegen von Gold und Silber benutzt wird. Rechts neben ihr kniet der Gott Anubis mit seinem Schakalskopf, er wird die Prüfung vornehmen. Auf dem geraden Stützpfeiler sitzt Thot, der Gott des Schreibens und des Rechnens, in der Gestalt eines Affen. Rechts neben ihm am Schrägbalken ist der spitze dreieckige Zeiger angebracht, der senkrecht steht, wenn und solange die beiden Wägschalen sich im Lot befinden. Auf der einen Schale ruht mein Herz, auf der anderen eine Straußenfeder, das Symbol der Ma´at, die gegen mich gewogen wird."

Ani verstummt und Tutu meint leise: "Du bist in der Halle der vollständigen Gerechtigkeit, Ani. Was siehst du noch? Erzähl es mir!"

"Unter der linken Balkenhälfte steht der Schicksalsgott Schai, hinter ihm die beiden Göttinnen Meschenet und Renenet. Sie kennen mich seit dem Tag meiner Geburt. Die Göttin Meschenet hat damals meine Lebenszeit und meine Todesstunde bestimmt. Ihr Kopf ist oberhalb von Schai ein zweites Mal zu sehen, und zwar an meinem Geburtsziegel, auf dem mich meine Mutter kniend geboren hat. Die Göttin Renenet hat mich als Amme genährt und über meine seelische und körperliche Entwicklung gewacht. Beide sind gekommen, um mich vor Gericht zu entlasten.

Die Götter des Himmels, der Erde und des Lichtes, die ′Herren der Gerechtigkeit` thronen hoch über der Waage. Sie sind die Richter, die über mein Schicksal zu befinden haben, je nachdem, ob meine Waagschale sich tiefer neigt als die der Ma′at. Als genauso leicht wie die Feder muss sich mein Herz erweisen, wenn ich die letzte Prüfung bestehen soll. Meine große

Hoffnung ruht dabei auf dem hilfreichen Totenbuch, das die Gefahren der Unterwelt nicht nur benennt, sondern gleichzeitig auch die richtigen Mittel bereithält, um sie abzumildern. Es ist wie eine Art Zauberbuch, an die 200 magische Formeln gibt es mir an die Hand. Für mein Erscheinen vor dem Totengericht eignet sich am besten der 125. Spruch, der das ´negative Bekenntnis` beinhaltet. Er fängt an mit ´Ich habe kein Unrecht gegen Menschen begangen`, geht dann weiter, ´Ich habe keine Tiere misshandelt`, und hört auf mit ´Ich habe meinem Stadtgott Amun keine Schande bereitet`."

Tutu bemerkt, wie Ani hörbar lauter atmet. Dann sinkt er schließlich in sich zusammen und sagt: "Man hat mich freigesprochen, die Fresserin soll keine Gewalt über mich haben! Durch die Sprüche meines Totenbuches gebannt, bleibt ihr fürchterliches Reptilmaul geschlossen. Die Bestie ist zusammengesetzt aus verschiedenen gefährlichen Tieren: einem Krokodil, einer Raubkatze und einem Nilpferd. Würde ich von ihr verschlungen, so stände mir die völlige Vernichtung bevor, der endgültige Tod ohne jegliche Hoffnung auf Wiedergeburt. So aber bin ich gerechtfertigt."

Ani schlägt die Augen auf, schaut auf seine leicht zitternden Hände und Tutu löscht das Feuer. "Komm", sagt sie freundlich, "lass uns zu Bett gehen!"

Ani nickt und lässt sich willenlos in ihr Schlafzimmer führen.

Tutu besucht ihren Mann

Tutu ist mit ihrem jüngeren Sohn auf dem Weg zum Palast, um ihren Mann bei seiner Arbeit zu besuchen. Sie werden mehrere Gänge entlang geführt, schließlich durch eine Tür geschickt, hinter der sie Ani finden. Er sitzt auf einem Kissen im Schneidersitz, auf seinen Schenkeln liegt ein etwa drei Hände breites Papyrus. Ein ausgehöhltes Rohr mit einem Lederverschluss an der Öffnung dient ihm als Köcher für seine über 20 Binsen als Schreibfedern, auf der anderen Seite neben ihm steht eine Holzpalette mit zwei Vertiefungen für die schwarze und die rote Farbe und einem Klemmschlitz für die gerade in Gebrauch befindliche Feder. Weiter neben ihm auf dem Boden liegen ein Schaber zum Glätten des Papyrus, ein mit einem Band verschlossenes Leinenbeutelchen mit Farbstoff und ein umgedrehter Schildkrötenpanzer als Wasserbehälter und Mischschale.

Vor Ani steht ein Diener mit etlichen Ton-
täfelchen, den Ostraka, auf einem Tisch, er
hat eine der Tafeln in der Hand und dik-
tiert seinem Herrn die darauf stehenden
Notizen. Als Ani seine Frau und seinen
Sohn hereinkommen sieht, steht er schnell
auf und umarmt die beiden freudig zur
Begrüßung. Dann schickt er den Diener
für eine halbe Stunde sich draußen die
Beine vertreten.

"Na, mein Sohn", sagt er, "möchtest du
vielleicht auch wie ich ein Schreiber werden?"

Der Junge nickt.

"Dann hast du aber eine lange Ausbildung
vor dir. Ich erinnere mich noch gut daran,
wie ich all die ägyptischen Literaturwerke
kopieren musste, immer von den Lehrern
mit roter Farbe am Rand auf meine Fehler
hingewiesen, bis ich endlich meinen Beruf
ausüben konnte. Lesen lernten wir Lehr-
linge, indem wir zusammen mit unserem
Lehrer laut im Chor die Worte ausspra-
chen. Wer nicht fleißig seinen Stoff büf-
felte, bekam den Rohrstock zu spüren. Die
Lehrer sagten damals immer zu uns: Das

Ohr eines Jungen sitzt auf seinem Rücken, er hört nur richtig zu, wenn man ihn schlägt."

"Ganz so schlimm kann es aber doch nicht gewesen sein!" meint Tutu beschwichtigend.

"Da hast du völlig Recht. Wir haben nämlich heimlich die Stöcke der Lehrer zerbrochen und sind auch zu manchen Vergnügungen einfach über die Mauern unserer Schule geklettert. Allerdings habe ich damals mein Kemit, das Buch der offiziellen Floskeln, Höflichkeitsformeln und Schreibanleitungen, schon ordentlich gelernt."

"Ist der Schreiber denn ein angesehener Mann?" fragt jetzt der Junge.

"Ja, allerdings. Die Schrift ist sichtbar gemachte Sprache, das Schreiben eine hochheilige Handlung, bei der die beschriebenen Dinge durch ihre Benennung neu erschaffen werden. Der Schreiber steht damit an der Spitze aller Arten vor Arbeit in dieser Welt!

Wenn jemand das Schreiben erst einmal beherrscht, führt seine Karriere bei Hofe ganz unaufhaltsam nach oben. Es sei denn, dass er so dumm ist und dem Pharao seine goldenen Löffel klaut."

Das Gastmahl

Tutu und Ani haben Gäste eingeladen. Ihre beiden Jungen schlafen bei Freunden, also sind sie heute ungestört. Der Mann des mit Ani befreundeten Pärchens ist ein Künstler, die Frau eine bekannte Sängerin und Rezitatorin. Sie ist schmuckvoll gekleidet und bewegt sich sehr anmutig, Tutu spürt ein bisschen Eifersucht in sich hochsteigen. Ani zeigt seinem Freund gerade das fertige Totenbuch, und dieser fragt staunend: "Was mich etwas verwundert, dass du auch Tutu so oft mit in das Bild aufgenommen hast. Wie kommt das?"

"Nun ja, Tutu ist meine geliebte Frau und Weggefährtin."

Dieser Satz tut ihr natürlich in der Seele gut, doch der Freund sagt weiter: "Das meine ich nicht, Ani. Es hat bestimmt auch viele Pharaonen gegeben, die ihre Gattinnen liebten – große Frauen, Ahhotep, Hatschepsut und Teje, haben wir als Königinnen gehabt – und trotzdem sind sie in den zeremoniellen Bildern und Statuen nie so mit dargestellt worden. Dass du dein Totenbuch mit solchen Bildern schmücken kannst, ist nur durch die Kunstepoche des Ketzerkönigs Echnatons verständlich."

"Echnaton und seine Frau Nofretete", sagt Tutu bissig. "Die Schöne ist gekommen, aber sie hat ihn auch weit vor seinem Ende im 16. Regierungsjahr wieder verlassen und ist spurlos verschwunden."

"Das mag richtig sein", erwidert der Freund. "Ich will auch nicht über die katastrophalen religiösen oder politischen Folgen seiner Amtsführung sprechen. Doch in der Kunst ist in dieser Zeit Erhebliches geleistet worden. In die bisher statischen Kunstwerke kommen plötzlich Bewegung, Ausdruck und Emotion. Gerade Linien verlaufen diagonal, die Proportionen werden verändert bis zur Karikatur, alles deutet auf einen neuen, erstmaligen Realismus in der Darstellung auch der privatesten Bereiche hin."

"Echnaton hat sich mit Nofretete sogar dabei abbilden lassen, wie sie sich auf einem von daherdonnernden Pferden gezogenen Kampfwagen liebkosen", meint Ani kopfschüttelnd.

"Warum ist der Ketzerkönig eigentlich untergegangen?" fragt jetzt die Frau des Freundes.

"Zuerst einmal" antwortet Tutu, "hat Echnaton mit seinem speziellen Gotteskult alle anderen Götter und Menschen brüskiert, es zählten nur noch der Sonnengott Aton und sein Verkünder, der König. Auch zu unserem althergebrachten Totenglauben hatte der Aton-Kult des Lichts nicht viel zu sagen. Und dann hat König Echnaton alle unsere Tempel schließen lassen, damit sind natürlich die bedeutendsten Zentren von Produktion, Handel, Speicherung und Verteilung von lebenswichtigen Gütern weggefallen. Religion und Wirtschaft, die Grundpfeiler unserer Weltordnung, hat er einfach auseinander gerissen. Es ist doch klar, dass da das Volk und all die Priester und Beamten wider ihn aufmurren mussten."

"Und trotzdem", erklärt nun wieder die Frau, "hat es im Bereich der Kunst und

Literatur diesen Aufschwung wirklich gegeben. Kennt ihr vielleicht noch den berühmten Sonnenhymnus Echnatons?"
Sie rückt ihren Oberkörper zurecht und holt tief Luft:

"Der den Samen sich entwickeln lässt in den Frauen, der die Flüssigkeit zu Menschen macht, der das Kind am Leben erhält im Leibe seiner Mutter..."

Als sie mit der ganzen Rezitation fertig ist, klatschen die anderen drei laut in ihre Hände, und Tutu muss neidlos anerkennen, wie ansprechend und gelungen dieser Vortrag war.

Alle lieben Tutu

Ani bittet Tutu, ihn auf ein Fest am königlichen Hof zu begleiten. Tutu hat keine richtige Lust und sagt: "Ach Ani, all diese eingebildeten Schranzen, die da bei Hofe herumlungern. Muss das denn wirklich sein?"

"Ja, Tutu, es muss. In etwa zwei Stunden werden wir abgeholt."

Tutu nickt und entfernt sich dann. In ihrem Schlafzimmer holt sie den Schminkkasten hervor und ruft die kleine nubische Dienerin, damit sie ihr hilft und den metallenen Spiegel hält.

Als sie ihr Spiegelbild erblickt, erinnert sie das an ihren Ba-Vogel. In der Anschauung der Ägypter wird der Ba jedes Menschen als der Aspekt seiner nichtkörperlichen, frei beweglichen Persönlichkeit angesehen. Es ist auch der Ba, der es dem Verstorbenen ermöglicht, das Grab zu verlassen, um beispielsweise den nächtlichen Sternenhimmel oder die aufgehende Sonne zu verehren. Tutu wünscht sich, dass

ihr Ba-Vogel und der Anis sich einst ver-
einigen mögen und gemeinsam durch die
Welt streifen können, um all ihre Schön-
heiten zu erkunden.

Etwa zweieinhalb Stunden später. Tutu
und Ani sind im Palast angekommen und
stehen in einer langen Schlange. In dem
großen Saal sitzt ganz vorne der große
König Haremhab auf dem weltberühmten
Horusthron. Neben ihm steht Paramessu,
sein Wesir und Stellvertreter in Ober- und
Unterägypten, von dem gemunkelt wird,
dass er der Nachfolger des kinderlosen
Königs werden soll. Ani und Tutu warten,
bis sie an der Reihe sind, dann werfen sie
sich vor dem Thron nieder und der Pharao
sagt: "Du bist also Tutu, die schöne Frau
meines Verwalters Ani?"
Tutu antwortet. "Ja, mein Herr und König."
"Dann steh auf, damit ich dich bewundern
kann!"
Tutu erhebt sich zögernd.

"Da hat mein Schreiber aber richtiges Glück gehabt, Tutu. Ich wünsche euch beiden ein schönes Fest."

Ani und Tutu verbeugen sich noch einmal und gehen schnell weiter. Das Fest kommt in Gang, Essen und Getränke werden von elegant gekleideten Dienerinnen herumgereicht. Ani hat ein paar Kollegen oder Freunde getroffen und unterhält sich mit ihnen. Tutu redet mit einer jungen Frau und ihrem Onkel, die sie von früher her kennt. Plötzlich wird ihr ganz heiß und schwarz vor Augen. Der Onkel führt sie sofort zu einem Stuhl an der kühlen Wand. Als sie endlich sitzt und sich noch schwer atmend im Raum umsieht, ist die junge Frau plötzlich zur Katze Bastet geworden, der Göttin von Lebensfreude, Fruchtbarkeit und Mutterliebe. Ihr Onkel hat sich in Anubis verwandelt, den schakalköpfigen Totengott. Schon kommt auch Ani besorgt auf sie zugeeilt und wird zu Horus, dem geflügelten Himmelskönig mit dem Kopf eines Falken. Er bleibt vor ihr stehen und kneift sie leicht in den Arm, und da ist er endlich wieder Ani. Tutu lacht jetzt befreit über ihr verwirrendes Traumgesicht, und dieses Lachen erschallt durch die Jahrhunderte bis zu uns Heutigen hinüber...

<u>Inhaltsangabe:</u>